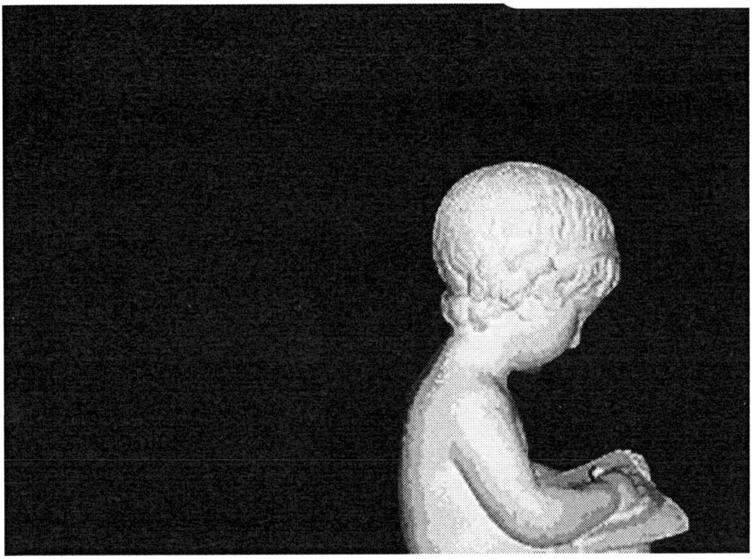

arovell

Peter Assmann

BEREITS - bemerktes

ANGESCHLAGENE
ZEITEN
DER SOLCHEN
WOHLVERSCHLEPPTEN
–
IMMER MEHR KOMMEN
IMMER WENIGER
OHNE FAST ALLES
ODER
(GOTT)
AUS

Solches wurde von ihm bemerkt, es blieb ihm nicht völlig verborgen wie auch unentdeckt, er nahm es durchaus wahr. Nicht stets sofort, zuweilen erst sehr verlangsamt, fast bedächtig und zögerlich, dem Entstehen-Lassen Raum und Zeit gebend, zukommen lassen. Der gegebene Raum füllte sich, er nahm die Zeit auf, die wiederum erst den Raum aufblähte – als Umgebung für solches.

Sich selbst stellte er knapp an die Raumgrenze, dort, wo die Zeit einfloss und auch das Bemerkte am nächsten zu stehen hatte, da es doch gleichsam seines war, zumindest seines zu werden hatte – als Markierung einer Reichweite, in der Weite seines bemerkten Reiches, solches also.
Was konnte hier anderes sein, nur eventuell anderes werden – hin zum dort, wo es jedoch abholbar blieb, ja interessanter wurde, zwischendurch aufgeladen, dazwischen stehender, nochmals, daher erinnert wiederholt bemerkbar.

Damit konnte es zu Überlagerungen von solchem kommen, Kompositionen entstehen, die Prinzipien des Äußeren auch im Näheren wirksam werden.

Warum er dann nicht mit seinem solchen aufhören konnte, hatte nur immer wieder einen neuen Sinn – für ihn.

BIN ICH VIELLEICHT
ZU INTERESSANT
FÜR MICH
GEWORDEN

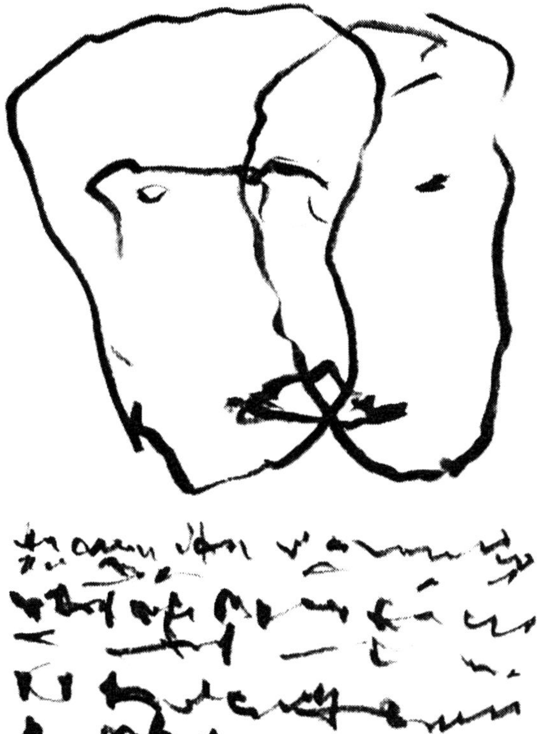

AUFGESCHMECKT
WÄRMEND
ERWÜNSCHTES
BEWAHREN SIE
GEDECKELT
ABNORM

AN ZAHNSPANGEN
ENTLANG
ERMAHNTE
BEVORMUNDUNG

SPEICHELERTRÄNKT
IM VORHINEIN
VERBISSEN

ZART BEFEUCHTET
ANGESPROCHEN
AUF DEN WELLEN
WORTE
KURZ VOR DEM KUSS

DIE ZEIT GEHABT
VERPACKT
IN SCHLEIFEN
GEBUNDEN

SÜSSE BEIGABE

IN EINER TRÄNE
FAST GEFANGEN

SIND DIE LIPPEN
SCHMÄLER GEWORDEN

ERZSPUREN

ENTSAFTET VERFOLGT
GEWELLTER
FEUCHTSPUR
JENE FOLGE

IM REGEN
VERDÜNNT
EINE RINNE

NATUR WOLLTE NICHT
STETS
TYPUSGELAGERT

GEGEN VIELE
FRESSFEINDE
GESCHÜTZT

ZERTEILEN

WORAUS QUELLEN
WÜRDIGEN

LEIDEN – ALS
RÜCKGABEN
WORTGEWASSERT

DRAUSSEN AUCH
TROCKENZEITEN
ANDERS LACHEND
ERREICHT

In jedem Einzelfall musste es aufgenommen werden, hatte Eintritt zu finden, wurde zu mehr als direktem Kontakt verpflichtet. Es wurde Eigenfremdes, angesaugt, noch mehr zerteilt, zermalen, zermalmt, gepresst.
Es hatte immer noch mehr hinein zu kommen, weiter anzukommen, wurde eindringlich zum Eindringling gemacht, beständig verformt, eingeflüssigt und Stück für Stück abgezogen.

Immer muss es mir was geben, oftmals aufmerksamkeitslos – es wird in die eigene Tiefe geführt, ohne tiefergehend akzeptiert zu werden; es bleibt angewandt.

Hier gibt es auch rasch ein zuviel, sogar einen rasch erzwungenen Rückfluss, wenngleich nicht in gleicher Form. Der Rhythmus scheint im Großen vorgegeben, je umfassender je klarer: Es funktioniert auch zarter und feiner; es besänftigt und befeuert, es erfrischt und ermüdet; und es erweitert – im Rhythmus.

Ganz näher zu dir: Solches gehört lustvoll überprüft – in Takten gegliedert, aber dann auch verschlungen.

EINSCHMEICHELN
ERFRISCHT
AUS DER BEVORZUGUNG
ALLE
DENNOCH VERTRÄUMTER

HERVORSTECHEND
ANGELESEN

NICHT ALLE ARME
ERHOBEN
VERZÖGERTE
FLIEDERSTRÄUCHE
AN STARKEN ÄSTEN

VERBLIEBENE

AUSGESCHÖPFTES
BEMÜHEN
ERWÄCHST
IN ALTEN
GARTENANLAGEN
VERWURZELTE

SELTENE ZIELE

DEM MUSTER FOLGEN
ZUVOR VERHÜLLTE

AUS DEREN
LUFTBLASEN
NACH OBEN ZEIGTEN

VOM FAST ANKOMMEN
GEREINIGT, ZWISCHEN
DURCH SAUBERER
ERREICHTES

TRÖPFCHENWEISE
HINEIN GEARBEITET

VERMUTET VERBOTENES
FAST ERROCHEN NAHE
AUFZUSPÜREN

ZUSÄTZLICH SODANN
FAST ABGEBRÜHT

IHREN SCHATZ ZU
SCHÜTZEN
SCHIEN ZUVOR SO
SCHNELL
VORBEIGEDUFTET

BLIEB DOCH EIN
NICHT GESCHEHENES

NICHT NUR
ABZUWENDEN

ENTFLOGENE GERÜCHE
IN
WIDMUNGSGEMÄSSER
VERWENDUNG
VERTRAULICH
AUFGEWEICHT,
NACHBESTÄTIGT
WIE AUCH
ABRECHNUNGSFREI
GESCHMACKVOLL
ZITIERT

WIRKEN FÜRSORGLICH

Auch nur hinein, nur kleiner und mehr und nicht so tief und andersförmig werdend – aber es hängt in jedem Fall mehr daran, es sind weiter gezogene Zusammenwirkungen, gleichsam ein Feld, ein Aurazugriff auf einen Körper, auch auf mehrere zur Ballung angenäherte Masseeinheiten. Kaum bleibend, mehr flüchtiges Manifest von jetzt nahe Sein, ist hier sehr viel Erinnerung dabei; sind die Partikel aufgeladen mit Erzählungen und leider viel zu häufig missachtete Warnungen.

Als Begleiter, die sie stets sind, manchmal ein wenig mehr abgetrennt als sonst rasch in der Verbindung zusammen, bewirken sie mehr als nur jetzt.
Als fast Aufgelöstes ist immer überraschend mehr da, weil ein anderer Platzbedarf wirksam werden kann.

Mit solchem ist immer zu rechnen: zu keiner wirklichen Territoriumsgrenze fähig, ist immer dann Bewegtes, fragil Markiertes, Überlagertes. So viel mehr wäre dann anzuziehen, wäre nur zweifelhaft geordnet in den nicht weiter nach oben oder nach unten erweiterbaren Abstimmungszonen.

Oft ist es auch einfach zu viel.

DEM EIGENEN ALTER
ABGEWANDT
GING ER GERADE
NOCH
LANGSAM
ENTGEGEN

ERMÄSSIGT
HINEIN

BEWÖLKTE
GANZ FRÜH
BESCHNITTEN

DEM WEITEREN
ZUGEMUTET

KRIEGER

AN DIE ERDE VERGING
SICH
- EINGESUNKEN
IHR TRITT
- PRACHTVOLL
ANSTELLE ANDERER
WEGE

IN TRENNUNG
VORGETROFFEN
TREUEBESTIMMT
MIT DIR ZU TUN

AUS BEWÄHRUNG

GEKRÄNKTE AUFBAUTEN
FIGÜRLICH BESPANNT
LAUERN
NACHHALTIG BERÜHRT

SO HILFLOS
BEI UNS

DEN AUFENTHALT ALS
ANGEBOT
VERKÜRZEN

SCHUTZLOS RASIERT

ZUVIEL GESCHRIEEN
UND ERFORSCHEND

ERINNERUNGSTIERE
AUSGESTEINERT, HART

WERDEN ZU UNSEREM
INNENLEBEN
VERWEICHT

WEM ZU MEIDEN ER
BESTIMMT, LÄSST
SICH NUR

HERAUSWACHSEND
ABSTREIFEN

MEHR LÖCHER
BEANSTANDET,
ZUMAL AUS SICH
GEWACHSENE

WIE AUCH HINAUF
GEWANDTE

IN ABBAURÄUMEN

DEN SCHRITT
DEN SIE JETZT
MACHEN MUSS

RÜCKWÄRTS
GENOMMEN

OPFER UND OPFER-BEGLEITER –

RÜCKKEHR UNERWÜNSCHT

KAUM MATERIAL MIT
ÄHNLICHEM AUFRECHT
VERKÖRPERT

EINGEROLLT WIE
AHNUNGSLOS
FERTIG ENTGEGNET

DEM KINDERWUNSCH
NICHT ZU SEHR
ENTWACHSEN

RÜCKSICHTSVOLL
VERWÖHNT
DEN SCHEITEL
GEZOGEN

ZWEI HABEN EINEN
SPALT

NÄHE

Was für ein Hindernis, macht mich vorwärts und zurückweichen, ist klare Präsenz und Angriff und Verteidigung zugleich. Da will ich erst später vorbei kommen, da bin ich auch da.

Umspielt vielleicht, kann es Streicheln sein, wird es immer reiben, zart und zärtlich voller Nähe Wunsch zu werden: Zu oft bestimmt dann Schritt auf Schritt, ein Gruß, ein Test, Entlassenes gefangen und folgeleicht verschoben. Der Gang hinein ist dann nur die Täuschung eines Richtungswechsels entlang den Schluchten eines greifbar Gemachten.

Und es ist stets gewichtig, würde ewig warten und verdrängen beziehungsweise nachgeben - der Neigung zur Fülle entsprechen, jedoch umdisponiert möglich. Dem Verdrängungswettbewerb voll ausgesetzt, bewirkt sich Schwereres ungleich: Da kann formal vieles nicht ganz stimmen und dennoch Wurde so viel vorgebracht, dass Wachstum im Raum zu finden war.

Und es ist die Haut sehr wichtig, die umspannte Kontaktzone, der Spannungswiderstand im Reibungsfeld der Annäherungen: partnerschaftlich anders.

DEIN GEIGENBAUM
WIRD NICHT ENTASTET

ER KLINGT SICH AUS

NACH MIR
BELAUBT

UNSERE BEDECKTEN
KÖRPER

WAS FEHLT NOCH
IM VERZICHT
BEFÄHIGT FÜR DIE
VERANTWORTUNG

TONTREFFER
ENTWEICHEN
ERRÖTET ERSTAUNT
DEN AUFGESTAUTEN
MUNDENDEN
EMPFOHLEN
ENTZOGEN

NUN WURDEN ALLEIN
VOR-
GESPRÄCHE GEFÜHRT

WEITESTGEHEND
VOR FREUDE

BEVORZUGT MIT
BEDACHT
MIT DEINEM GEMISCHT

AUCH AUFGEGRIFFEN
IN ALLSEITIGER
BESTIMMUNG

ZU LAUT GESTÄRKTES
WEGSCHIEBEN

ENTKAM

ALS FLÜSTERN
EINGEFASST

ALS DINGE
VERSTIMMT

VERSAGEN
ALLE WERKE

Aus der Nähe, die doch Ausdehnung erkennbar macht, können Richtungen konzentriert werden. Das sind dann durchaus viele, auch zugleich oder nur knapp angeglichen, oft besänftigt in der Hinwendung, wenngleich total jetzt und hier.

Es kann nur ein Eingang sein. Es wäre zwar immer offen, nicht allerdings immer aufgenommen – als Vereinbarung abgestimmt und nachgeklungen kann jedoch rasch reagiert werden, beziehungsweise.

Noch mehr als Regel, als Selbstverständnis: mitschwingend oder wegdrehend ist alles eine Folge aus der Bewegung, deren Nachfolge Überlagerungen und Zwischenschübe weitertreiben, mehrfacher nochmals verebbend bemerkt.

Betonungen bleiben nur kurz, sind nur kurz als meines geblieben, werden gesetzt, um nicht alles zu abgenützt anwirken zu lassen, das da begleitend laut gibt. Dem ist vor allem keine Einsamkeit abzugewinnen, kein Totalrückzug verträgt sich dazu: Gemeinschaft steigern, halten, Verbindungen erfrischen und den umgebenden Raum als solchen annehmen.

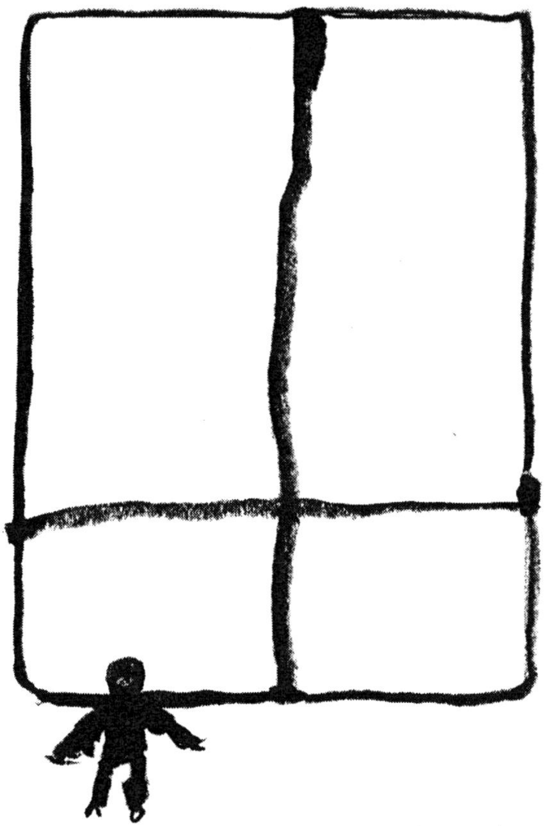

NACHRICHTLICH
RELIGIÖSES
IM VERHÄLTNIS
GEBRAUCHT

DAS FRAGEN NICHT
NUR STELLT

AM HOHEN ZAUN
GESCHRIEBEN

DEN AUSGESTANDEN
HABT IHR
VORHERGESEHEN

ÜBERBLICK
ABGESETZT

FÜR ALLE SICHTBAR
ÜBERSCHWEMMT

OHNE WEISSE FLAGGE
SONNE SUCHEN
BETRAF
FRÜHE SCHWARZE
MUTTERTIERE

UND GABEN MANCHE
WERKZEUGE AB

NUR ROTE
VERKEHRSZEICHEN
AKZEPTIEREN

DER FLUT
ENTGEGENKOMMEN
GLÄUBIGE ANGEFEUERT

BEWACHT

DAS HERZ AUF DER
TASCHE
BEIM ZWEITEN
TREFFEN
NACH AUSSEN GEWANDT

FÜR EIN LÄCHELN

IM THEATEREMPFANG
SIND
STETS VORHÄNGE AUS-
ZUTAUSCHEN

HOCHDEKORIERTE

ZUSCHAUEND, DABEI

ZENTRALE WECKZEITEN
AUFGEFRISCHT
FÜHRTEN VIELE
DEN REGIERUNGEN ZU

IM HALBSCHLAF

NÄCHTENS
KÖNNTE ES
VERBLEIBEN
WÄRE TÄGLICH DANN
ÜBLICH

BEFREMDET

DA
ZWISCHEN UND
WEITER
ZUMUTBAR
ZU SCHAUEN

ES KANN UND
BESTIMMT MICH

VORANGEMELDETE
VORGEDRÄNGTE
KAMEN SCHRITTWEISE
NUR ALS
SCHATTENSPENDER
ZU HEIMLICHEN
AUFTRÄGEN

IN IHREN WÄLDERN

DEM IM ZUG
AUSWEISLOS,
WEITERWEISEND
VERDANKT
SYSTEMISCHES
NICHT NUR GRENZEN

DEN NOCH WEITER
SICHTVERWEIGERND

STÖRT NICHT VIELE

OPTISCH TOTER
TALMIGLANZ

FÜR KEINE
ZEITGENOSSEN
ANFÄNGLICHE
WEIGERUNG

VERSTECKT

DASS DIE AUSNAHME
DIE REGEL
BESTÄTIGT

HATTEN EINIGE
MAKULATURBLITZE
GUT
ZU MACHEN

IN DEINER
BRIEFSPRACHE
ANGEREIST:
ÜBERLIEFERTE
STREICHELZEICHEN

FÜHRTEN MICH
NICHT WEITER FORT

Viel schneller, weiter, ausgreifend, stets wiederholt – jedes solches ist ein Mosaik, das überstrahlt werden muss von vorgesetzter Helligkeit, natürlich einer äußerlichen. Die getroffenen Zusammenfügungen erlauben rasche Wechselwirkungen; kaum merkbar schleifen die aufgesetzten Verzahnungen.

Dass alles eine Frage der Betrachtung ist, gibt die Sicherheit eines beständig möglichen Innehaltens: Und das Bunte erfrischt ebenso wie es signalisiert. Es könnte dann so gut und schnell verführen, zur hervortretenden Attraktion führen, die selektive Hinwendung ankurbeln und zukünftige Betreiberkräfte vorstellen.

Wenn allerdings Bewegung nur als Veränderung konstatiert werden kann, wenn eine Bedeckung sofort ins eigene Angesammelte führt, wenn sich sogar Wirkung und Wirklichkeit verdächtig nahe kommen, dann bestimmt oft betont unnachdrücklich und umständehalber Übernommenes.

Darum wäre solches immer mehrfach verschränkt zu überprüfen, damit nicht noch mehr noch mehr zusammengeht und so unverschämt verlässlich bevorsteht.

Kunst ist die Errettung der Möglichkeit, „so ist es" zu sagen.
(Joseph Beuys)

Solches! – und das bemerkt.

ZEITSOUVERÄN

ZU SEIN

ZU WERDEN

ZUSÄTZLICH

Peter Assmann. geb. 1963
Kunsthistoriker, Schriftsteller, Künstler
Literarische Veröffentlichungen seit 1995
Direktor der Oberösterreichischen Landesmuseen

Schmecken-Riechen-Tasten-Hören-Sehen

Nicht verwendetes Gedicht:

INNERLICH
BLUTNAHE WUNDEN PFLEGEN

MEHRFACH UNERWÄHNT
ZUM ERWÜNSCHTEN
ELTERNTEIL

BUCHLISTE AROVELL 2006

15 Jahre Arovell (1991-2006)

Peter Assmann, BEREITS – bemerktes
Lyrik, Arovell Verlag Mai 2006, 10,- Euro
ISBN 3-901435-80-8, Nr. A 80, 140 Seiten
Autor in Oberösterreich

Constantin Göttfert, Holzung
Kurzgeschichten, Arovell Verlag Mai 2006, 10,- Euro
ISBN 3-901435-81-6, Nr. A 81, 160 Seiten
Autor in Wien

Verena Hirzenberger, Brückenkluft
Roman, Arovell Verlag Mai 2006, 10,- Euro
ISBN 3-901435-82-4, Nr. A 82, 160 Seiten
Autorin in Wien

Fritz Huber, Entsprungene Zwillinge
Lyrik, Arovell Verlag Mai 2006,10,- Euro
ISBN 3-901435-83-2, Nr. A 83, 120 Seiten
Autor in Salzburg

Irene Kellermayr, Meine Unruhe
Erzählungen, Arovell Verlag Mai 2006, 10,-. Euro
ISBN 3-901435-84-0, Nr. A 84, 120 Seiten
Autorin in Oberösterreich

Heidemarie Leingang, durchscheinend
Lyrik, Arovell Verlag Mai 2006, 10,- Euro
ISBN 3-901435-85-9, Nr. A 85, 130 Seiten
Autorin in Oberösterreich

Dorothea Macheiner, stimmen
Lyrik und Kurzprosa, Arovell Verlag Mai 2006, 10,-. Euro
ISBN 3-901435-86-7, Nr. A 86, 130 Seiten
Autorin aus OÖ, lebt in Salzburg und Wien

Andrea Pointner, Eingeständnisse
Lyrik/Kurzprosa, Arovell Verlag Mai 2006, 10,- Euro
ISBN 3-901435-87-5, Nr. A 87, 150 Seiten
Autorin in Salzburg

Andrea Starmayr, Schatten / Bilder
Kurzprosa, Arovell Verlag Mai 2006, 10,- Euro
ISBN 3-901435-88-3, Nr. A 88, 130 Seiten
Autorin in Oberösterreich

Peter Paul Wiplinger, ausgestoßen
Prosa, Arovell Verlag Mai 2006, 12,90 Euro
ISBN 3-901435-89-1, Nr. A 89, 140 Seiten
Autor aus OÖ, in Wien

BUCHLISTE AROVELL 2005

Hermann Knapp, Odysseus im Supermarkt
Kurzgeschichten, Arovell Verlag Mai 2005
ISBN 3901435719, 10 Euro, 140 Seiten
Autor in Oberösterreich

Martina Kohlmann, Suche das Meer
Lyrik, Arovell Verlag Mai 2005
ISBN 3901435727, 10 Euro, 91 Seiten
Autorin in Oberösterreich

Inge Koop, Spuren-Netze
Lyrik und Kurzprosa, Arovell Verlag Mai 2005
ISBN 3901435735, 10 Euro, 120 Seiten
Autorin in Salzburg

Camillo Pizatto, Nahaufnahmen
Kurzprosa, Arovell Verlag Mai 2005
ISBN 3901435743, 10 Euro, 122 Seiten
Autor in Salzburg

Kurt Rebol, Zündblase
Kurzprosa, Arovell Verlag Mai 2005
ISBN 3901435751, 10 Euro, 130 Seiten
Autor in Salzburg

Johanna Tschautscher, Identität
Prosa, Arovell Verlag Mai 2005
ISBN 390143576X, 10 Euro, 120 Seiten
Autorin in Oberösterreich

Christian Weingartner, Reise-Blues
Kurzprosa, Arovell Verlag Mai 2005
ISBN 3901435778, 10 Euro, 145 Seiten
Autor in Salzburg

Paul Jaeg, Es zieht in Österreich
Lyrik und Kurzprosa, Arovell Verlag Mai 2005
ISBN 3901435700, 10 Euro, 170 Seiten
Autor in Oberösterreich

Christoph Janacs (Hrsg.), Unerbittliche Sanftmut
Lyrik und Kurzprosa, Arovell Verlag Sept. 2005
ISBN 3901435786, 10 Euro, 150 Seiten
Autoren/Autorinnen in Salzburg

Im Arovell Verlag in den letzten Jahren erschienen:

Hans Lutsch, Landlose Gehversuche
(Lyrik) 118 Seiten, 10 Euro, Mai 2004
(Autor in der Stadt Salzburg)
arovell verlag gosau salzburg ISBN 3-901435-65-4

Herbert Reiter, Stimm
(Prosa) 145 Seiten, 10 Euro, Mai 2004
(Autor in Altenmarkt/Salzburg)
arovell verlag gosau salzburg ISBN 3-901435-64-6

Heinrich Schaur, Vom Cafe Prückel ins Cafe Stein (Prosa)
195 Seiten, 10 Euro, Mai 2004
(Autor in Linz)
arovell verlag gosau salzburg ISBN 3-901435-61-1

Hans Dieter Aigner, Gegenüber
(Lyrik und Kurzprosa) 152 Seiten, 10 Euro, Mai 2004
(Autor in Linz)
arovell verlag gosau salzburg ISBN 3-901435-62-x

Karin Gayer (Hrsg.), Vorgänge im Labyrinth
(Lyrik und Prosa) 110 Seiten, 8 Euro, Mai 2004
(AutorInnen in Wien)
arovell verlag gosau salzburg ISBN 3-901435-66-2

Ernestine Haider, Augenaufschlag
(Lyrik und Kurzprosa) 80 Seiten, 8 Euro, Mai 2004
(Autorin in der Stadt Salzburg)
arovell verlag gosau salzburg ISBN 3-901435-63-8

Margot Koller, Alles fließt wie der Fluss
75 Seiten, 14, Euro, Mai 2004
(Autorin in der Stadt Salzburg)
arovell verlag gosau salzburg ISBN 3-901435-69-7

Thomas Werner Duschlbauer, Unvorhersehungen (Gedichte)
98 Seiten, 8 Euro, März 2003
(Autor in Linz)
arovell verlag gosau salzburg ISBN 3-901435-57-3

Kilian Fitzpatrick, Elf, (Prosa-Stücke)
70 Seiten , 8 Euro, März 2003
(Autor in München)
arovell verlag gosau salzburg ISBN 3-901435-55-7

Paul Jaeg, alles noch unerlebt
Kurzprosa, 175 Seiten, 8 Euro, März 2003
(Autor in Gosau OÖ)
arovell verlag gosau salzburg ISBN 3-901435-58-1

Christoph Janacs, Tauchgänge
(Anthologie) 168 Seiten, 8 Euro, März 2003
(Autoren/Autorinnen in Salzburg)
arovell verlag gosau salzburg ISBN 3-901435-59-X

Andreas Lindpointner, Mir war, als wär ich nicht
(Lyrik) 131 Seiten, 8 Euro, März 2003
(Autor Linz)
arovell verlag gosau salzburg ISBN 3-901435-56-5

Fritz Huber, Ein brennender Fisch
(Gedichte) 130 Seiten, 8 Euro, März 2003
(Autor in der Stadt Salzburg)
arovell verlag gosau salzburg ISBN 3-901435-54-9

A r o v e l l

BESTELLUNG:
Arovell, Vordertal 660, 4824 Gosau, Austria
fon 06136/20016 - fax 06136/8336 –
email arovell@arovell.at
www.arovell.at

AUSLIEFERUNG:
Arovell Gosau Salzburg Wien
fon 06136/20016 - fax 06136/8336 –
arovell@arovell.at
www.arovell.at
Versand kostenfrei!

Z e i t s c h r i f t e n

arovell-musikzeitschrift (Auflage 700 in Farbe)
arovell literaturzeitschrift (Auflage 200 s/w)
arovell kunstzeitschrift (Auflage 200 s/w)

1 Jahresabo 6,00 Euro
Einzeln 1,6 Euro
Vierteljährliche Erscheinungsweise.
Arovell wird unterstützt von Sponsoren,
von den Landesregierungen und vom Bundeskanzleramt.

A d r e s s e n

Büro 1: A-4824 Gosau, Vordertal Nr. 660, Austria
Büro 2: A-5071 Wals/Salzburg, Zellerstr. 60, Austria
Büro 3: A-1060 Wien, Stumpergasse 35/1, Austria

Peter Assmann

„BEREITS – bemerktes“

Text und Skizzen

ISBN 3-901435-80-8

Buchnummer A 80

Arovell Verlag
Stumpergasse 35/1
1060 Wien

Arovell Verlag
Vordertal 660
4824 Gosau

Umschlag nach Acrylbildern von Paul Jaeg

www.arovell.at
arovell@arovell.at
TEL. 0613620016

Austria, im Mai 2006